文芸社セレクション

織姫の涙

七夕の夜の三つの星

黒木 咲

目次

第一話　鉢合わせ

中学校に上がる夏休みに男の子が暇していて友達何人かと一緒に竹のある林へ遊びに行った。

その男の子は星七と書いてせいしちと呼ぶ。

竹の林に入って道の途中で友達と違う所に行っちゃって一人でただただ歩いていた。

空も暗くなっていく。

空を見上げると、たくさんの星がキラキラと光りまばたく中で、船のような形の月が南西の夜空に浮かんでいく。

（なんか、船のような形の月だな）

そろそろ帰ろうとして、ゆっくりと歩いていると、近くですごい音が聞こえてびっくりした。

怖くても音が気になったから、音がした方へ見に行こうと思った。

花と草をよぎって行ってたどり着いた所に竹の上に困っていた女性がいた。

女性はせいしちに気づいて「ねぇねぇ、そこの君」と声をかけた。

「僕？」とせいしちは自分へ指をさした。

「そうそう、君」

「なんですか？」

「ちょっと力をかしてくれない？」

女性は竹から降りられないようでそうとう困っていた。

せいしちは女性が降りるのに手伝ってあげた。女性は笑顔でありがとうと言った。

「ね、ここはどこなの？」と女性は服を直しながら聞いた。

「ここはどこってわからないですか？」

「はい」

「田舎だよ」

「田舎？　君はこれからどこに行くの？」

「家に帰るけど…」

「家に帰るんだ！　あたしを連れて帰って」と女性の言葉にせいしちはとまどった。

「いやいやいや、だめですよ」

「なんでだめなの？　いいじゃん」

「それは当然だめです」

「なんでよー」

「お姉さんにも自分の家ってあるでしょう？　自分の家に帰ってよ」

「自分の家はあるけど、戻れないんだよ」

「お姉さんの家はどこにあるの？」

「あそこ」と女性は空に指差した。

「まさか…お姉さんねぼけてません？　空を指差してもわかんないよ」

「だから戻れないって言ってるじゃん」

女性はせいしちと喋っていると、せいしちの名前を誰かが呼んだ気がした。

せいしちは立っていると草が揺れ始めた。草が揺れているから女性は「ひゃあ、なに？　怖ーい」と言いせいしちの後ろに隠れた。

「ねぇ、誰かなにか言っているみたい」

「ああ、僕の名前を呼んでいるよ」

「え？」

「なんか、僕のお父さんの声だと思うよ」

草から誰か出てきた。見ると、せいしちのお父さんだった。

お父さんは、息子を見て顔色が一気に変わり、鬼のように怖い顔になり怒っているようだった。

「ほら、僕のお父さんだよ。怖がらなくていいよ」とせいしちは女性に言った。

女性はせいしちのお父さんと聞いて少しほっとした。せいしちの後ろから出て来たお父さんと挨拶をした。

「君は…」

「あなたはこの子のお父さんなんですね？」

「ああええそうですけど？」

「そうだったんですね。あはははは。あたしに一つのお願いがあります」

「お願い？」

「はい」

「どんなお願いなんだい？」

「家に一晩泊めてもらえませんか？」

「どうしてです？」

「あたし、迷子になっちゃって…」

「それは困ったね…家がどこにあるかわかる？　わかるなら送ってあげるよ」

「けっこう遠いですよ。たぶん無理だと思う」

「え？　場所は？」

「あそこ」と女性が空へ指差した。

「君、空に指差してるけど、空に家があるってことですか？」

「はい。空に住んでるんです」

　女性の言ってることが全くわからないお父さんだった。せいしちをひっぱって離れたところで「あの人なに言ってるの？　空を指差して、そこに家があるって言ってて大丈夫？」

「僕もわからないが、今困っているみたいだから家に泊めてあげようよ」

「ああ、わかった」とお父さんは女性の前に来て「では一晩泊めてやろう。うちにいらっしゃい」

「ありがとうございます」

「おまえ、こんな時間までここにいたわけ？」とお父さんはせいしちに話を振った。

「はい」

「なんでもっと早く家に帰ろうとしなかった？」

「あっ、ごめんなさい」

「この子ったら……本当に……二人ともついて来て」

お父さんは女性とせいしちを、車に乗せて家へ向かった。

家に帰るとお母さんとお姉ちゃんは心配してたが、せいしちにびっくりするより女性を見てびっくりした。誰？という顔をしたが、せいしちはお母さんとお姉さんに女性を紹介した。

しかし、お母さんとお姉ちゃんは女性を一目見てなんて可愛い子だと思った。まるで中国の伝説に出てくる美女のようだと思った。

「この人を一晩とめてあげて」とお父さんが二階に上がった。

「あなた、誰なのあの人は？」とお母さんがお父さんの後へ追って聞いた。

「知らんけど、せいしちと一緒にいたよ」

「なんでせいしちと一緒にいたの？」

「せいしちに聞いてみて、俺知らないよ」

お母さんが一階に下りて「こっち来て」とせいしちとそこから離れた。

「せいしち、あの女の人は誰なの？」

「俺は知らないよ」

「はあー？」

「俺あの人のこと知らないもん」

「じゃあなんで一緒にいたの？」

「ああ、それは、俺が竹林の所にいて、帰ろうとしたら大きな音がして、女の人の痛いと言う声が聞こえたからなんだろうと思って行ったら、あの女の人がいたんだよ」

お母さんはせいしちの不思議な話に頭がついていかなくて、とりあえず女性を寝れる部屋を用意しようと思った。

お姉ちゃんは女性に声をかけて「水を飲みます？」と聞いた。

女性は笑顔になって「飲みたい！」と言った。

お母さんは女性を呼んで、泊まる部屋を教えた。

その部屋は、空き部屋で、急に誰かが泊まりに来た時に使うための部屋。

お母さんはその部屋を毎日掃除して、窓を開けて風を通している。

お姉ちゃんは自分の部屋に女性を呼んだ。女性はお姉ちゃんの部屋に入ってみるとお姉さんのドレッサーの前にある化粧品とメイク道具をみてテンションがあがり、これ可愛い、あれ可愛いと言い、全部見る。

　そんな女性を見てお姉ちゃんは可愛いと思った。

　翌朝、お母さんが起きると、女性も起きていた。

「おはようございます」

「おはよう」

「あたし体を洗いたいんだが、どこで体を洗えばいいのですか？」

「お風呂に入りたいの？」

「おふろ？」と女性はお風呂って知らないという顔をした。

「その前に着替えは？　持ってないでしょう？」

「はい。この着ている服しかないです」

「嫌じゃないなら私の服を着る？」

「ああはい、お願いします」

　お母さんは女性をお風呂に連れて行って「ここで体を洗ってね」と一人にした。

「この部屋で？」

「そうだよ」

「この部屋に入ったら体をどうやって洗うの?」

「え?」

「教えてください」

(この子はなにを言っているんだろう? なんで体を洗うことを知らないんだ? 変だね)

「ああわかったわかった」

女性はお母さんの前で服を脱ぎ始めてお風呂場に入った。

お母さんは女性用の新しいボディスポンジを持ってきた。

「これにこれをつけて水に濡らしたらこうやって泡をたてる。この泡で体を洗うんだよ」

「すっごーい! なにこれ、いい匂い、何この泡! 可愛いー」

「頭を洗う?」

「洗いたいです」

「そしたらこれで頭を洗うんだけど、これを一回押すだけでいい。手を出して」とお母さんは女性の掌にシャンプーを一回プッシュしてあげた。

「それを頭につけるの。頭を今濡らすよ。この温度はどう？」とお母さんはお湯の温度とか聞いたりしてシャンプーをもう二回プッシュしてくれた。

「今頭を泡立ててみて」

「え！　すごーい、泡がすごい」

「もう流そうか？」

「うん！」

頭の泡を全部流し終わった後に髪の毛の水を切ってあげた。

「次にこれを髪につけるんだよ」とトリートメントを教えた。

「これ良い匂いする」

「少したったら洗い流すんだよ」

「わかった」

女性はお母さんとの話を楽しんだ。

「それでこのボタンを押すと温かい水が出てこれで泡を流すんだよ」とシャワーの出を教えてあげた。

（この子ってなんて可愛い子なんだろう。娘より可愛い）

「もう出ましょう」

「うん！」

「このタオルで体を拭いてこの服を着てね」

「わかりました。ありがとうございます」

「あっ！　髪の毛が濡れているから少しタオルで巻こうか」

「はい！」

女性はお母さんの渡した服を着て出てきた。

お父さんとせいしちとお姉ちゃんが起きて台所へ来た。全員が女性を見ていろんな意味で驚いた。全員がごはんを食べ終わって、お父さんは仕事に行き、せいしちは遊んでくると出て行き、お姉ちゃんは友達と会う約束があると出て行った。

家には女性とお母さんが残った。

「ね、おかあさん、頭のこの布をいつ取ればいいの？」

「ああそうだそうだもういいと思う」とお母さんは女性を洗面所に連れて行った。

タオルを取ると、女性の髪の毛はもう渇いていた。くしでとくと、女性の髪の毛はするんとして、指の間でさらさらとする。

窓から刺す光で女性の髪の毛はツヤツヤと光って（なんちゅう髪の毛の持ち主なんだ）と思って手が止まった。

「おかあさん、どうしたの？」

「いやなんでもない。あっ、そうだ！　一人でおるすばんできる？」

「私が？」

「そう」

「ええ、できるよ」

「じゃあおるすばん頼むね」

「はい！」

お母さんは女性を家で一人にして買い物に出かけた。

お母さんは何時間後に「ただいまー」と帰ってきた。

「お帰りー」と洗面所から女性の声がした。

洗面所に行くと女性が、髪の毛を可愛くセットをしていた。

「まさか、ここから動かなかったの？」

「ええそうですよ」

「どうしてよ」

「えっと…」

「でも髪の毛可愛いね」

「ありがとうございます。おかあさんも髪の毛を変えようよ」と女性は立ち上がってお母さんの肩に手を置いて椅子に座らせた。

女性はお母さんの髪の毛をみるみる綺麗に仕上げていく。

「ほら、おかあさんだってこんなに可愛くなったよ」

「すごい、短い髪の毛でもこんなにもできるんだ」

その後に女性は家の猫と遊び、お母さんは自分の仕事をした。せいしちの家は一匹の猫をかっている。

お姉ちゃんが帰ってきた。お姉ちゃんは女性を改めて可愛いと思って見つめた。

「お姉さんどうしたの？」

「あ、いえ、なんでもない」

「うん？」

「いや、可愛いなーっと思って…」

「そうなの？　ありがとう。そうだ！　お姉さんも髪の毛のかたちを変えようよ」

「え？」

「さあ、こっちこっち」と女性はお姉ちゃんの手を握って椅子に座らせた。

お姉ちゃんの髪の毛が見る見る変わり、素敵なヘアスタイルに仕上がった。

「終わった！　さあどうだ？」

「すごい、可愛い」

「お姉さんが可愛いからとてもお似合いね」

「ありがとう！　私美人じゃないけど、まるで中国の昔の美少女みたいに見える」と
お姉ちゃんがスマホを取り出して自撮りをして「一緒に写真を撮ろう」と女性とツーショットをした。

お姉ちゃんがダイニングキッチンへ行くとお母さんも同じような髪形だったからびっくりしたお姉ちゃんは「おかあさん！」と大声だしちゃった。

「なによ、びっくりした。後ろから急に大声を出さないでよ」

「お母さんも髪の毛やってもらったの？」

「そうだよ。いいでしょう」

「あうん」

「おまえもやってもらったの？」

「そうだよ」

「どうして入って来ないのかって思ってたらそういうことだったのね」

「お母さんお腹すいた」

「そうか、三人でごはん食べよう」

お姉ちゃんはお母さんがごはんを作る間に、女性を自分の部屋に連れて行った。

女性はお姉ちゃんの使わない布を見て使っていい？　と聞くと、お姉ちゃんは好きなように使っていいと言った。

女性は針と糸を借りて、いらない布で花を作ったり、手作りの可愛い物を作って見せた。

女性は美人だけじゃなくて、裁縫がすごくできるとわかって素晴らしいと尊敬した。

お姉ちゃんにも花の刺繍を教えてあげた。

数日後にお姉ちゃんが「ね、手芸のコンテストに出てみない？」と女性に言ってきた。

郵便はがき

料金受取人払郵便

新宿局承認

7552

差出有効期間
2024年1月
31日まで

（切手不要）

1 6 0-8 7 9 1

141

東京都新宿区新宿1－10－1

(株)文芸社

愛読者カード係 行

ふりがな お名前		明治 大正 昭和 平成 年生 歳
ふりがな ご住所	□□□-□□□□	性別 男・女
お電話 番　号	（書籍ご注文の際に必要です）	ご職業
E-mail		
ご購読雑誌（複数可）		ご購読新聞 新聞

最近読んでおもしろかった本や今後、とりあげてほしいテーマをお教えください。

ご自分の研究成果や経験、お考え等を出版してみたいというお気持ちはありますか。

ある　　ない　　内容・テーマ（　　　　　　　）

現在完成した作品をお持ちですか。

ある　　ない　　ジャンル・原稿量（　　　　　　　）

書　名				
お買上 書　店	都道 府県	市区 郡	書店名	書店
			ご購入日	年　月　日

本書をどこでお知りになりましたか?

1.書店店頭　2.知人にすすめられて　3.インターネット(サイト名　)

4.DMハガキ　5.広告、記事を見て(新聞、雑誌名　)

上の質問に関連して、ご購入の決め手となったのは?

1.タイトル　2.著者　3.内容　4.カバーデザイン　5.帯

その他ご自由にお書きください。

(　)

本書についてのご意見、ご感想をお聞かせください。

①内容について

②カバー、タイトル、帯について

弊社Webサイトからもご意見、ご感想をお寄せいただけます。

ご協力ありがとうございました。

※お寄せいただいたご意見、ご感想は新聞広告等で匿名にて使わせていただくことがあります。

※お客様の個人情報は、小社からの連絡のみに使用します。社外に提供することは一切ありません。

■書籍のご注文は、お近くの書店または、ブックサービス(0120-29-9625)、セブンネットショッピング(http://7net.omni7.jp/)にお申し込み下さい。

「こんなにも綺麗な物を作れるんだからきっと手芸やハンドメイドのコンテストに出たほうがいいよ」

「あたしが？」

「そう。応募してみようよ。べつに住所とかはこの家でいいじゃん」

「ああうん。やってみましょう」と女性はお姉ちゃんの言ってることがあまりわからなかったけど笑顔で答えた。

「おっけい」

「で、なに作ればいいの？」

「うーんそうだね、逆になにを作りたいとかある？」

「わからない」

「そっか…花とかどう？」

「いいかも」

「じゃあ、花をテーマにしよう。材料を買いに行こう」

お姉ちゃんは女性を連れてコットン屋に行った。

コットン屋に入った女性はびっくりした。

見たことのない生地や糸や針などがあったからとても不思議だった。

気に入った糸と針と布地を買って帰った。

女性は早速縫いはじめた。

女性はあっという間に花の刺繍製作をやって短時間で仕上げた。

「これは素晴らしい」とお姉ちゃんは言い、驚いた。

早速コンクールに応募をした。

何日後に応募用紙が来た。

それを見たお母さんは「なにこれ」っと言ってもお姉ちゃんは「内緒」としか言わなかった。

お姉ちゃんは応募用紙を女性と一緒に書いていった。

第二話　天の川

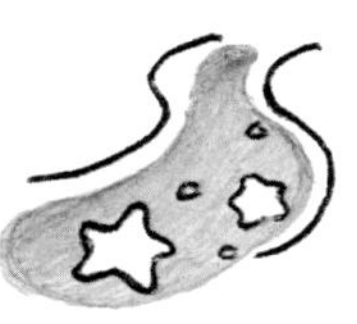

女性はせいしちの家族と一つのテーブルでごはんを食べて、お喋りをして楽しく過ごしていた。

「君、今何歳なの？」

「うーん…わからない。けっこう長く生きてるわよ」

「え？　何歳かわからないってこと？」

「そうだね。ぜんぜんわからない。はじめて聞かれたかも」

「ああそうなんだ」とお母さんは不思議な顔した。お父さんとせいしちとお姉ちゃんも。

「で、どこから来たの？」ってお姉ちゃんが聞いた。

「上から」と女性が上を指差した。

「上？」

「そう」

「上ってどこ？」

「織女（しょくじょ）」

「織女（しょくじょ）？　織女（しょくじょ）ってどこにあるの？」

「空にある」

「空？」

「え？」

「天だね」

「天？」

「うん、天だよ。天から来たよあたし」

「全然わからない」

「それで、地球にうまく降りられなくて、せいしちが見つけたあの竹の林の中に困ってたの。でもせいしちに助けてもらってすごい嬉しかった。恋人の夏彦星を探しに降りてきた」

「へ？」

　お姉ちゃんがすぐにスマホで織女（しょくじょ）って調べてみて、はぁ？と声を出した。

「どうしたの、お姉ちゃん？」

「織女って星の名前じゃん」

「星の名前ってなに？」とお父さんが聞いた。

「まってまってまって。君、本当にそこから来たって言うの？」とお姉ちゃんが目を大きくして聞いた。

「そうだよ。あたしは織女に住んでいるよ。こと座って言えばいいかな」

「こと座？」とお姉ちゃんが言う。

「そう。こと座に住んでいるんだよ」

「ね、君、なんであんなところにいたの？」とお父さんが聞いてみた。

「あたしね、恋人を探しててあんなところに落ちたの」

「恋人？」

「そう。彦星って人知ってますか？」

「彦星？　知らないね。どこの人？　どこに住んでいる人？」

「わし座に住んでるわし座の人です」と言うと全員が目を大きくして口を開けちゃった。

「それって…星座の名前じゃ…」

「そうだよ。わし座っていう星。天のね」

「え？」とみんな女性の話がますますわからなくなってきた。

「じゃあ君の名前は？　今まで聞くの忘れてたけど、君の名前はなんていうの？」

「そうね。あたし、自分の名前とか言ってなかったよね？　あたしを織姫って言うの」

「え？」とまたみんなが驚いた顔をした。口が開いちゃった。

「え？　なにその顔」と女性は笑った。

「織姫？」

「そう」

「本当に？」

「本当よ」

「本当の名前？」

「うん。本当の名前だよ」

「へー今時にそんな名前があるんだ」

「まって、まって、そしたら、恋人が彦星で君が織姫…まさかあの伝説の、でもそんなわけないか」とお姉ちゃんは一人で盛り上がった。

「君が本当に本物の織姫なら言うけど、織姫と別の名前もあるよ」

「別の名前？」

「そう、棚機女と書いてたなばたつめってね」

織姫が続けて語るに、こと座という織女にいる天帝の一人娘。天帝と西王母の間から生まれた娘の一人。機織が上手で、天帝お父さんの言いつけで朝から夜まで世にも美しい服を作ってた。

織姫の作った服を神様たちが着る。織姫の織った布は雲綿と呼ばれ、色も柄もこの世にないぐらい美しく、丈夫で軽くて着心地のいい素晴らしいもの。忙しい織姫は髪をほどくゆとりもなく、化粧をする暇もないほど働きもので、そんな織姫を可哀そうに思うと、むこさんをもらってやることを考えた。天帝は織姫にぴったりの相手として選んだのは天の川で一人で牛の世話をしている真面目で働き者の牛飼いの若者だった。美しい織姫と真面目な牛飼いは顔合わせたとたんにお互いを好きになった。二人は一緒に暮らすようになり、天帝のことなど考えなくなった。織姫は機を織ることを忘れ、今までのない楽しい生活を送り、着飾ることばっかりで夢中になってしまった。牛飼いは牛の世話をほったらかしにしてしまって、あれほど大切にしていた畑と牛は痩せ細って病気にかかってしまった。仲が良い過ぎて困ったもので、仕事を忘れて、遊んでばっかり。天帝のもとへ天の神々が文句を言いに来るようになった。事態を知った天帝は「そんなに遊んでばかりでどうするんだ？　少しはお仕事をして」と二人に注意したが、二人は耳を貸そうともしないから天帝は大怒でついに二人をむりやりと引き離してしまった。二人を天の川の東と西に別れて暮らせときつく言った。牛飼いに会えなくなった織姫は思った以上に部屋にこもって泣いてばかり。機も織ろうとしない。天帝の服はのちにみすぼらしくなっていった。その頃牛飼いも家にこもって織姫の事ばっかり考えて牛たちはいまにも死にそうだった。困り果てた天帝は二人を自分のところに必ず来るように命令した。二人は嫌だったけど行った。「しかたがない。おまえたちが元通りに働いてくれるなら年に一度だけ会えるようにしてやろう」と言い、その言葉に織姫と牛飼いは心を入れ替えた。二人はすぐに仕事に入り、仕事に集中してまじめに一所懸命に働きはじめた。天帝の服はみるみるりっぱになり、牛は元気を取り戻し、畑は耕したから豊かな作物が実った。やがて、待ちに待った日がおとずれた。織姫と牛飼いはそれぞれの川岸にかけよって、広い天の川をどうやって渡ったらいいのだろうと困ってたら、どこからかカササギの群れが空を飛びはじめた。そしてカササギは翼をさしかわすと川の上に大橋をかけてくれたように見えた。

二人はこうして手と手を握り、会うことができた。

（やっぱり、あの童話のどおりだ）とお母さんとお姉ちゃんが思った。

「あたしたちが会う七月の七日の日に、空を見上げてごらん、天の川の左と右にキラキラと煌めいている星が強く光っているのだよ」

「だけど、日本では天の川を見れる場所は限られているから難しいね」

「どうして？　夜遅くに月が沈んで、月明りにかき消された天の川が現れてくるんじゃないの？」

「最近は光害の影響だね。それで月が沈んだ後でも天の川が見られない可能性がある。誰だって天の川を見たいのよ」とお母さんが言ったら、「割と、天の川が見える確率は、七夕の方ならかなり高い」とお父さんが言い出した。

「そうなの？」とお母さんがびっくりした。

「統計では、旧暦の七月七日が確率は五割。晴れていても月明りの影響で天の川が見えない年もある」

お母さんは七夕を一年の節句の五節句の一つと織姫に教えた。

「でも、七夕祭を観光客や地元の商店街等への集客を目当てでやってる気がしない？

昼間と夕方から夜のイベントに力いれてるし、花火という上手い組み合わせしてるじゃん」とお姉ちゃんがりんごをかじりながら言った。

「七月七日は織姫の誕生日じゃなかったっけ？」とお父さんが言うと、全員がお父さんを大きな目で見た。

「私の？」

「そう。七月は秋の最初の月って言うか、孟秋でもある。七が重ねる日であるため双七と呼ばれている」

「なにそれ？　はじめて聞いた」とお姉ちゃんが興味津々に聞いた。

「七夕は古来では秋の季語であったんだよ」

「お父さん、意外と詳しいね」

「まあね…グレゴリオ暦の七月は梅雨の最中で雨の日が多いけど、今はどうかわからない」

第三話　月の船

織姫は今年も彦星と会いに月の船に乗った。

集合場所に着くと、彦星の姿が見当たらない。

「あれ？　ここにいるはずなのに、ここで会う約束なのに、なんでいないの？　どこにいるの？」と織姫は彦星の姿を月の上から船の上から目で探した。

七月七日にいつもは織姫を乗せている月の船は月が満ち欠けをしながら西から東へと空に浮いて行く。七月七日の夕方に上弦の月が天の川を横切って行く。

「あたしは彦星と会うために、西岸のベガから月の船に乗って彦星のいる星の東岸のアルタイルに向かってゆっくりと浮いて行く。だけど、今回は彦星はいなかったんだよ。東岸のアルタイル中に探してもいなかった。だからあたしここまで来ちゃったのよ」

せいしちとその家族が織姫の話を聞いて、童話や伝説に出て来る織姫だと思って、目の前にいる織姫と名乗る女性を本当に織姫だと信じた。

お母さんは織姫に、日本にも昔から織姫の話と似たような女性がいると言った。織姫はその話に興味をもってぜひ聞かせてほしいとお願いした。

昔、日本のある村で巫女が神様にささげるための着物を織って棚にそなえて秋の豊作を祈る儀式というか神事があったと。また、禊ぎ行事で乙女が着物を織って棚にそなえて神様を迎えて秋の豊作を祈ったり、人々の汚れをはらうと言われてた。その時に使われた織り機を棚機といい、巫女は棚機女と呼ばれてた。選ばれた乙女も棚機女と呼ばれてた。乙女は、清い水辺にある機屋にこもって神様のために心をこめて着物を織る。その時に使われたのが棚機という棚り機だった。この行事はお盆を迎える準備として七月の七日の夜にするようになったと話すと、織姫は目を大きくして聞いて、棚機女を自分の事と似てると思った。

「その巫女とは今、会えるのかしら?」

「今?　今…」

「どこに行けば会えますか?」

「もう会うことできないと思うよ」

「どうして?」

「それは大昔の話だから誰もどこにいるかわからないから」

「ええ、そうなんだ。でも、あの笹の竹のことを知らないからもっと教えてほしい」

「笹の竹はね冬でも線を保っていて、真っすぐに育ち、生命力にあふれた笹の竹には昔から不思議な力があると言われてきたのよ。笹の竹はね、神様を宿すことができるって言われてる。祭りの後は、竹や笹を川や海に飾りごと流す風習も存在している。竹や笹に汚れを移してもらうという意味もある」

「でも、七夕の日に食べている特別な料理とかある？」

「あるよ」

「どんな？」

「天の川というそうめん、七夕をイメージしたお寿司あるね。でも甘いものもほしいでしょうってことで天の川ゼリーやさくべいというお菓子ある。すごく綺麗なケーキもあるよ」

「そうなんだ！　そんなのあるんだ、はじめて聞いた」

「でも、天の川天上界に通じる橋や道とも言われてる」

「それも初耳だ！」

「でもね、友達の一人が小さい頃に七夕の日に「ローソクもらい」といって、何人かでローソクを出せと人の家を周る行事あると言っていた。近所の人の実家では七夕の日にそうめん食べるらしいよ」

「あたし、そうめん食べてみたい」

「そうめん食べたことないの？」

「ないです」

「今日はこんな天気だし、そうめんがぴったりかもね」

　お母さんはそうめんをゆではじめた。そうめんをゆでている間に、ガラスのコップにごまだれとしょうゆだれを入れた。お母さんがそうめんを水にさらすと、そばから見てた織姫はうわーうわーと言う。お母さんがそうめんの水を切って皿に乗せてテーブルに座った。

「これがそうめんだよ」

「これがそうめんってものなのね」

「ごまだれとしょうゆだれのどっちがいい？」

「ごまだれがいい」

　お母さんが食べ方を見せて、織姫は真似をした。織姫は美味しそうに食べて、可愛かった。

　お母さんはある写真を見せようとアルバムを探した。昔の写真のアルバムを見つけて織姫に見せた。

「これを見て。何年前に七夕をやった時に取った写真よ」

「すごい。なにこれ？」

「これ？　これは…ああ折り鶴だね。せいしちとお姉ちゃんが作ったやつだね」

「折鶴？　なんか知ってる…」

「えー知ってるんだ」

「うん。友達が折り鶴のこと話してた。友達は「かくにょう」という名で鶴姫なの。当時、夫と一緒に夏祭りを見に行った時に外でたくさんの折る鶴がぶらさがってたと言ってた。これだと思う」

「織姫、こっちでは織姫のことを子供の守り神と考えているところがあるんだよ」

「え？　あたしを？」

「そう。別の国では七夕の日にザクロとシクンシで煮た卵と肉と黒砂糖の入ったもち米を食べて虫よけと、病気よけにきくと風習があるんだよ」

「美味しいかな？」

「試してみる？」とお母さんはにこっとして目で笑った。

織姫は、姉妹がいる星の北斗七星に行く時に月の船を使っている。

織姫の母親は西王母。

母親は織姫と離れて姉妹たちといっしょに北斗七星に住んでいる。

織姫は母親と姉妹が恋しくて会いたくなったら北斗七星に月の船に乗って行く。

織姫が母親や姉妹と離れて暮らしているのは、仕事の都合や生活様式でしかたがなかった。

人々は北斗七星を拝んだりするけど、北斗七星が綺麗に見えたときに最初に鍋だと思って、鍋の形と似てると思っている人もいた。春の星空で目立ちやすい。

織姫はいつものように月の船に乗って、姉妹に会いに北斗七星に行った。

そして姉妹の一人がいないことに気がついた。母親が気に病んでいた顔をしてた。どうしたのって聞いたら、姉妹の一人が地球に水浴びしに行ったが戻って来ないと母親がおろおろして言った。

織姫もびっくりして、地球に行って探してくるとすぐに動いた。

姉妹の一人を探して何日もたった。仕事の合間で探しているから楽ではなかった。

地球で歩いていると、女性の笑い声と話し方が聞こえて、姉妹だと思った。やはりその声の持ち主が姉妹の一人だった。織姫はすぐにそこに行った。織姫を見た姉妹の一人がびっくりした。姉妹の一人はすでに地球で男性と夫婦になっていた。姉妹の一人の決心が固いようなので、織姫は「お幸せに」と言って事情を母親と残りの姉妹に説明しに天へ帰った。

「おかあさん、ただいま」

「あっ、織姫、どうだった？」

「会ったよおねえさんと」

「え！　本当に？」

「うん」

「元気だった？」

「すごい元気だった。だけど、驚かないでね、おかあさん」

「なに？」

「おねえさん、帰らないんだって」

「どうして？　あたしの可愛い娘の一人になにがあったの？」

「おねえさんに恋人ができてた」

「なんだって？　どんな男なの？」

「地球の男」

姉妹の一人とその恋人との出会いは、姉妹の一人が地球に降りて水浴びに行く時に天衣を木に置いていた。たまたま通り過ぎた男が一目ぼれして好きになった。姉妹の一人は決まったように毎日そこで水浴びをし、天衣を木に置いていたので、男は自分のものにしたいと思い、天衣を盗んで隠した。姉妹の一人は水浴びを終え、天衣をいくら探してもなかった。その男が出て来て「どうしたんですか？」と声をかけたら、服の一部がないととまどっていた。

のちに姉妹の一人が男に恋をして嫁になることになった。男は優しくて働き者で毎日おだやかに過ごした。毎度毎度姉妹の一人を喜ばしたりして、楽しいので一緒に暮らすことになった。そして結婚して二人から子供も生まれた。

その頃、天の上では天帝が久々に北斗七星にいきなり来た。西王母と姉妹もびっくりして、そこに織姫もいた。天帝がお茶を飲んでごはんを食べていると、娘の一人がいないことに気づいてどうしていないのって聞いたら、娘の一人が口を滑らせて地球の男のもとに嫁いだと言ってしまった。天帝は急に怒って「それではいつになってもここに戻って来ないではないか。天衣がないとどうやって天に昇れるの？」と言った。西王母は天帝に怒って「いいじゃん娘が嫁に行ってよかっただろうが。幸せと思わないか？　それに織り物だってなんで織姫だけが一人でやるの？　可哀そうではないか。他の女性がやってもいいのに、なんで織姫以外の女性はやらないの？」「美しく、丈夫な布を織るのは織姫だけだ。他の女性には無理。センスがない。それより娘を取り戻してこい、いつまでそこにいさせるつもりなんだ」と今までないように怒った。

結局姉妹の一人を連れ戻すことになった。織姫につれてこいと言った。織姫は地球に降りて姉妹の一人のところへ行った。姉妹の一人と会って話をした。けっこう長く話した結果、天に帰ることを決意した。姉妹の一人は彼が帰って来るの待った。

夕方になり、彼が帰って来た。姉妹の一人が彼に自分は天の娘で、帰らなくちゃいけないと伝えて家から出て行った。織姫が姉妹の一人に天衣を羽織らせて天へ昇って行った。彼は後を追って走っても大きな川ができて、距離がどんどん離された。彼は子供と一緒に後を追ったが残されてしまった。彼は涙を流しながら悲しんでいたが、子供はその川の水を柄杓ですくいはじめた。天帝は上から全部見ていたので、その健気に感動して年に一度だけ会うことを許した。

北斗七星をある地域では、七つの星の一個一個が一人の星だという。一つの星に何千人も入っている。

世界中の人がその七つの星に含まれているという話がある。

第四話　遠距離恋愛

「え？　泣いているの？」

「ああ、ごめん、見られちゃったか……」

「どうした？　なにがあったの？」

織姫はお姉ちゃんを見て心配になった。

「なんかあったならあたしに話してみて、なんでも聞くよ」

「いや…彼氏のことでちょっと…」

「彼氏と喧嘩したの？」

「私、彼氏と遠距離恋愛してるって言ってたじゃん」

「そうだね」

「だけど、なかなか会えない距離じゃん、遠いじゃん。だから彼氏と月に一回か、二回しか会えないんだよ。最低で三回までなんだよ」

「それは少ないってこと？　まるであたしみたいだね」

「たしかに。私って織姫みたいだね」

「彼は他になにか言っている？」

「忙しいからあんまり連絡取れないって。毎晩のように通話したいのに、メールもそんなに返してくれないし。でも彼は社会人で仕事しているからね。私は学生ですし」

「そう～それは心苦しいね」

「もし私だったら、好きな人と一年に一度しか会えないなんて辛すぎる。それより織姫の当時の気持ちはどうだったの？」

「あたしは当時、天帝のその命令で驚いてすごく泣いたのよ。彦星との生活が楽しくて楽しくて、遊んでばっかりだった。そうやって彦星とはなればなれになると思わなかった。それも年に一度だけしか会えないなんて、それもあまりなんじゃないと思って少し落ち込んだままで仕事をしたけど、仕事を久しぶりにやるともっとやりたくなった」

「でも、この地球にいる人間っていいよね」

「なんで？」

「だって、あたしみたいに年に一度だけ会うんじゃなくて、会いたいときに会って、むしろ、いつでも会えるじゃん」

「でもごめんね、悪い人間が必ずいるから織姫と彦星に対しても悪いことを考えてる人がいるんだよ」と言う事を織姫は聞いて驚いた。

七夕の夜に少しでも雨が降れば織姫と彦星は会えないと考えてる人がいれば、雨でも二人は会えると考えている人もいる。

雨は織姫の嬉し涙でその雨の水で汚れが洗われるなどと言われている。

織姫と彦星が会ったら必ず疫病が出るとして、二人を会わせないように雨が降るのを願う人々もどこかにいた。

そんないじわるなことをやっている人のことを知った別の人が腹を立てて内緒で、たらいに水を張って梶の葉を浮かべて、そこに織姫のいる星と彦星のいる星をうつして織姫と彦星を無事に会えることを強く祈る人もいる。

「ある国で、天の川がすごく綺麗に見えるところがあって、大昔、仲の良い夫婦が暮らしていていつも二人だった。死ぬときだけは一緒にいけないから、二人は死んだ後に別々の天に昇って星となった」

「それってなんていう星？」

「わからない。二人の星はすごく離れているからもう会うことできなかったんだって。でも二人はとても愛し合ってたみたいで死んだ後も一緒にいたいと思ったんじゃない？　そして、二人は、空にただよう星くずを集めて二人の星の間に光の橋を作って会おうと決めたんだって。それから毎日一生懸命に星をすくっては集めて二人の星の間にやっと立派な光の橋ができた。キラキラと眩しい光り輝く光の橋。それが天の川らしいよ」

「あのあとから二人は会えたの？」

「二人は今も夜空でキラキラと輝く光の橋を渡って会うことができて、嬉しすぎて、喜びの涙を流しながら会ったんだって」

「そうなんだ」

「織姫、天に琴座あるよね？」

「あああるよ。琴座とお喋りしたことあるよ」

「どんな話をするの？」

「あたしが天を散歩している時のことなんだけどね。悲しく鳴る音が聞こえたのよ。どこからその音色が出てるんだろうと思い行ってみたら、知らない星座からだった。その星座がのちに琴座だとわかったのよ。初めて会ってお喋りした時に琴座が、どうして琴座になったかとか話してくれたよ。なんでこんなにも悲しい音を出してるのかを聞いてみたのさ」

琴座は、大昔、普通の青年でした。琴を奏でると、あまりの美しい音色に人だけではなく、森の動物までうっとりと聞きほれてしまっていた。ある日、青年はいつものように川の近くに琴を弾いていると、その音色に合わせてとても美しい少女が踊っているのを見た。二人はすぐに恋に落ちて、お付き合いして結婚にまでにいたった。平和に暮らしていたのに、ある日少女は川岸の所を歩いていて、草にいた毒蛇を踏んでしまった。びっくりした毒蛇は少女に噛みついたら、少女はあっというまに死んでしまった。それを知った青年は悲しくて毎日泣き暮らし、どうしても愛する奥さんを忘れることができなかった。急にあの世へ行けば生き返らせることができるかもと思って、あの世へ行く方法を調べ、いろんな人から聞き調べした結果、やっとあの世へ行く方法を知った。あの世へつなぐ地下道に乗って、どんどんと下がって行って、三途の川にたどり着いた。

しかし、三途の川の番人が青年を見て川の向こうへ渡すことはできないと言った。青年は琴を取り出して奥さんを突然亡くした哀しみの音色を奏でいると、番人は黙って青年を舟に乗せた。あらゆる世の番人が青年を止めたが、琴の音を聞くと黙って通してくれた。ついにあの世の閻魔大王のところに着いて奥さんを生き返らせてほしいとお願いした。

閻魔大王は「それだけはできない、君以外にこんな頼みする人はたくさんいる、たくさんいた。そのたびに死者一人一人を生き返らせてたら人間界、生きもの界はおかしくなる。地球は苦しくなる。死んだなら死んだままでいい、生まれ変わってものもあるから」と厳しく言われても青年は涙を流しながら「どうか、願いをお聞きください…」と言う。

「仕方がない、おまえはこんなにも美しい音色を出してるなら、考えてあげよう…仕方がない、一度だけ許そう。だけど、地上に戻るまで決して妻を振り返ってはならぬぞ」と大王が奥さんを青年の元へ返した。青年は閻魔大王に感謝して奥さんを二度と失いたくないと決めて絶対に離さないと手を握って険しい坂道を昇って行った。薄暗い地下道にこの世の懐かしい光が差して、あと少しのところで青年はあまりの嬉しさで思わず後ろを振り返ってしまいました。そしたらその瞬間に奥さんはものすごい力で元の道に吸い込まれて一瞬で奥さんが見えなくなった。青年は全力で奥さんの後を追ったが、奥さんの姿はどこにもなかった。青年は再び三途の川で、もう一度舟に乗せてほしくて琴を弾いたが、今度は番人は通してくれなかった。青年は悲しみのあまりに山や岸をさまよってて、酒に酔った女たちに出会った。女たちは青年を見て笑いながらその琴を弾けと言われた。青年が断ったらその場で女たちに殺されてしまった。青年の首と琴は死んでも悲しい音色を奏でながら川を下って行った。音楽の女神に拾われた青年の遺体はある森に葬られた。そして大神は青年の琴を拾って星空に上げ、琴座にしてくれたと琴座から聞いた実話をお姉ちゃんに話してくれた。お姉ちゃんを見ると、なんか泣いてた。

「お姉ちゃん、もし、空にキラキラと光る琴座を見かけたら、悲しげな音色が琴座から聞こえてくるかもよ」

第五話　こと座

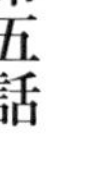

ある年のこと。

「織姫様、織姫様」と女中が急いでやってきた。

「なになに？」

「地球のある所で針や糸や布を庭先の祭壇にそなえてます」

「え？　なにそれ？」

「まさかと思うけど、星に祈りを捧げるんじゃない？」

「それって、人が織や裁縫を上達したいためにでしょう？」

「そうそう、そういう風習から生まれたんだと思う」

「芸事や書道などの上達を願うためでしょう？」

「織姫様少しでも力をかしてあげてたら？」

「そうしようかな？　ここまで願うから」

やがて、織姫は庭先の祭壇に針などそなえた家庭の願いを叶えてあげるために雲の上から力をそそいだ。

何日後に願いをした家庭の願いが叶えて、その家の娘が織姫のおかげで裁縫に上手くなった。

「織姫これ見て」と女中が手になにか持っていた。

「うん？」

「この短冊を」

「なにそれ？　どこにあったものなの？」

「可愛いでしょう？　最近お祭りがあったでしょう、それでそのお祭りのものじゃないですか？」

「ええそうなんだ」

「織姫様、その祭りを見ました？」

「ああ、なんか、やってたね」

「どうでした？　どうでした？」

「人々が果物と野菜をそなえてた」

女中と織姫はその五つの色の短冊を見ていると色々な願い事を書いてあった。

その中で、詩歌や習いごとを書いてあった。人々は願いごとを書いて笹竹につるして、星に祈っている。

人々の願いを織姫の力で叶えることがあれば、難しい願いごともあるから悩むときもあった。

「織姫様、また祭りには七つの飾りがあるそうです」

「ええ、どんな？　説明して」

女中はいろんなもの書いているノートを取り出して七つの飾りの意味を書いたところを探した。

七つの飾りに、紙衣であってそれが女の子の裁縫の腕があがるようにと。

巾着であってそれがお金がたまりますようにと。

投網ってあって、それが豊漁になりますようにと。

屑籠ってあって、それが整理、整頓や、物を粗末にしないようにと。

吹き流しってあって、織姫のように機織が上手になりますようにと。

千羽鶴ってあって、家族が長生きをしますようにと。

短冊もあって、願いことが叶い、字が上手になりますようにとメモをしたのを女中が織姫に読みあげた。

「人々が私のこと知ってるって不思議だね。でも嬉しいかも」

「織姫様、それより、桃を持ってきたから食べましょう」

「ああ、ちょうど食べたかったわ」

「織姫様、木、火、土、金、水の要素によって自然現象や社会現象変化すると言うようですね」

「そうなんだ？　ね、あの短冊って緑、赤、黄、白、黒のだっけ？」

「そうだと思います。でも、こっちでも吹き流しに五色の糸をつるしてますよね？」

「そうだね」

　女中が遠い所で、地上でいる時に「あれ、空が暗いぞ？　雨でも降るのかな？」と空を見上げていると、雨がぽつんぽつんと降ってきた。（さっきまで晴れていたのに急に雨が降り出すって…織姫様と彦星さんは大丈夫だろう？　雨で天の川を渡れないのではないか、まさか、二人の心は今雨の中で土どしゃぶりになった気分じゃないか？）と思った女中は仕事をほったからしにして織姫の所に行った。織姫は自分の部屋にいた。

「織姫様！」と慌てた姿で入って来た。

「どうしたの？　そんなに急いで？」

「彦星さんと会えた？」

「会ったよ。会ってきた」

「ほんとうに？　それならよかった」

「どうしたの？」

「だって、だって、地上にいるときに、空が晴れてたのに急に雨が降り出すから」

「ああ、だからあたしを彦星と会えなかったと思ったわけ？」

「そう、そうですよ」

「ああ、たしかに泣いたよ。でもその泣いたのは、彦星とやっと会えて嬉しくて嬉しすぎて帰り道に少し泣いたの。でも狐の結婚式だったかもよ」

「ああ、なるほど」

「でも、七日から二日間、夜に雨が降り続けたら彦星と別れたと思ってね。別れを惜しむ涙だよ」と笑顔で話す織姫でした。

「そんな悲しいこと言わないでくださいよ〜織姫様！」

「わかったわかった、悪いね」

　ある日、織姫が休んでいると女中が来て「さっき、七つの針に糸を通してましたよ。なんででしょう？」

「そうなの？　どんな人がやってた？」

「采女がやってました」

「采女もそんなことするんだ」

夜になった時に女中が来て「織姫様行く前に一つ聞いてください」

「なになに？」

「婦人たちが今七本の針の穴に彩りの美しい糸を通して捧げ物を庭に並べてるー」

「ああ、それ、針仕事の上達を祈ってるよ」

女中は七月七日に織姫がないけど、女中は暇になったから地上に行きたくなって、地上へ行くことにした。

暗くなった時、ある所が賑わっていた。そこに行って近くにいた人から何してるのって聞いたら、手芸上達を願う祭りだという。織姫に対してお願いしてると答えた。

女中は歩いていて足を怪我してしまった。

「どうしよう、足を痛めてしまった。痛い、歩けない、死んじまうー」と泣きそうになった。

ある女の子がたまたまそこを通りがかり、なにか変な声を聞いて、声をするほうへ行ったら、女中を見つけた。

「大丈夫ですか？」と女の子が声をかけた。

「いいえ、大丈夫じゃないです」

「どうしたんですか？」

「怪我してしまったようです」

女の子は女中のことを可哀そうに思って助けてあげようと思って動いた。

女の子は女中を連れて自分の家へ行った。家はそんなに遠くないからすぐに着いた。

「おかあさん、おかあさん、助けて」と女の子が家の外から大声で言った。

おかあさんが慌てて外に出たら、娘が知らない女の子と一緒にいた。

「どうしたの二人？」

「おかあさん、この子怪我してるみたい」

「そうなの？　大変、さあ家の中へ入ろう」

おかあさんは女中を家の中に入れて「楽にしててね」と座らせた。

どこを怪我したんだろうと見てもわからなかった。その時にちょうど夫が帰ってきた。

「ああちょうどよかった」とおかあさんが夫を見た。

「どうしたの？」

「あなた、この子が怪我してるみたいだけど、どこかわからないの」

夫が女中の体中を見て「これは大変、骨が折れてる」と言う。

「本当に？　そう見えないが…」とお母さんがびっくりした。

「とりあえず、これを塗ろう、この薬も飲んで」と夫が女中に塗り薬と飲み薬を出してくれた。

夫は薬剤師をやっている人だからさまざまの病気のいろんな薬をもっている。

お母さんは女中を怪我が治るまでここにいてねと優しく微笑んだ。女中は久しぶりに人に優しくされたから嬉しくて泣きそうになった。

二日過ぎた時に、女中は家の女の子に七種類の七遊びあるのを知っている?と聞くと、女の子はその七遊びを独楽とお手玉とけん玉と羽子板とかるたと福笑いとおり紙でしょうと全然違う遊びを聞いた。女中が思っていた七遊びは鞠、歌、碁、花、香、楊弓だった。

女中に薬を飲ませて塗ったり、ごはんを食べさせて、体を拭いて綺麗にしたりして何日間になり、女中の怪我が完全に治った。女中は女の子の家にもっといたかったけど、こと座での仕事や織姫のことがあるから戻らなきゃいけなくて、悲しかった。

女中は治してくれたお礼にあげるものがなにもなかったので謝ったら、家の人たちはなにもいらないと言う。だけど、なにかしてあげたい気持ちはあるから考えて考えて自分の一番できる手習い事を教えてあげようと思った。

「今の私にはなにもないけど、手習いだけは一番上手だから、どんな手習いでも教えることができる」と言って女中は女の子に手習いを一から教えはじめた。

家には三人の娘がいて、全員が手習いがまだまだだった。

女中は知っている事を全部教え終えて天へと昇っていった。

女中が帰った後に家の女の子がのちに手習いを世に広めて一般庶民に広まった。

数年が過ぎた時、織姫が帰ってきて一休みをしていると女中がやってきて「織姫様織姫様」と急いでいるみたいだった。

「どうしたの？」

「見てほしいものがあります」

「なに？」

「早く来て、早く来てよ、じゃないと見逃してしまいますよ」

女中がそこまで言うので、女中の見せたいものが気になって見てみたくなった。

「わかったわかった。行くよ行く」と織姫は立ち上がって女中と一緒に行った。

海に大勢の人が集まってた。今まで見たことのないものだと思った。

そこにいた人たちは、手に彩の大きな物を持っていた。持っていた物を海に流した。

人々はお喋りをしていてそれを聞くと、「今、七日の未明の時間だね。来年から飾りをプラスチック製にするらしいよ。そしたら海に流すことも少なくなるかも。この流す行事は地区によって違うと聞いた。川をつなぐ跨ぐ橋の上に飾りを付けをやってるところもあるんだって」

「そうなんだ。全国的に一般的に短冊に願い事を書いて葉竹に飾ってるしね」

ある年の七夕の日に女中が暇になったから、雲の上から下を見てたら何軒かが外で麺を見立てていた。

「これでいいや」

「おとうさん、本当に機織裁縫に上手くなるの？」

「わからないけど、とりあえず願っておこう。織姫のように上手くなればいいよね」

「もし、明日から冷たい風が吹きはじめたら今年の小麦粉料理の季節は終わるよね？　おかあさんの作る最後の小麦粉料理はなんだろうね」

おとうさんと娘の会話を聞いた女中は少し羨ましかった。

春の温かい日に、女中が庭で掃除をしていると、織姫が呼んだ。

「ね、少し休もう。でこれを作ったから」

「ああ、織姫様の得意料理のなかの果汁の飲み物ですね！」

「これ私大好き！　色んな果物を入れて混ぜた飲み物で、綺麗な色してて甘くて美味しい」

「そう、基本はスイカと桃とキウイ」

「あれが一番いい組み合わせと思っている。いちごとぶどう、後、ベリーだけを混ぜたものも」

「織姫様、今の仕事を昼までにして、夜からこういう果汁や料理やお菓子を作る料理長の仕事すればどうだい？」

「なにいってるの。よーしこれからなににしようかな…」

「織姫様、織姫様と彦星様がお会いになる日が、最近、地球の若者が好きな人に思いを伝えたり、相手に愛情を伝えたり、はじめて告白している特別な日になってるらしいですよ」

「そうなの？　べつに七夕の日にじゃなくてもいいと思うけど。なんで七夕の日になのかな？」

「だって七夕の日って一年に一度会えるロマンチックな日と言われているんですよ」


「そうだ！　これをかぐや姫の所に持って行こう」

織姫は果汁を持ってかぐや姫に会いに行った。

かぐや姫は庭でうさぎと一緒に遊んでいた。

「トントン」と織姫が言うと、かぐや姫はびっくりして周りを見た。

「え！　織姫？」

「来ちゃった」

「織姫会いたかったー」

「なにしてた？」

「さっきちょっと習いごとをしてたよ」

「かぐや姫っていつも習いごとをしてるんだよね」

「織姫は？　織姫、今日は機織は？」

「今は休憩中だよ。機織は夕方からだよ」

「そうなんだ」

「かぐや姫のためにこれ持ってきたよ」

「なにこれ？　あっ！　果汁じゃないの」

「そう、さっき作ったからさ、かぐや姫にもあげようと思ってね」

「ありがとう〜これ飲みたかったやつだ。そうだ！　少しおやつを食べようよ」とかぐや姫はお菓子を取りに行った。織姫とかぐや姫は、刺繍する少女が夜の月光の下で一本の刺繍針をおわんの水面にそっと置いて、表面張力で針を浮かべることやっていると話した。そしたらそれを織姫を知っていた。

月光が照らすなか一番複雑な波紋が周りに出現した針が一番いい刺繍ができると織姫が聞いたことあった。

また、違うところで、月光の下で若い女の子が隠れた所の海に入り髪を洗って、若くて美しいままにあることを願うだと。

また、独身女性は運命のと巡り合うことを願ってたと見たことを話した。

織姫が帰ると、夜十一時を過ぎていた。

女中は織姫を帰ってきたと知って、すぐに織姫と会いに行った。

女中がすごく急いできたから織姫はびっくりした。女中は織姫に早く地上を覗いて見てほしいという。そこまで言うならと、地上を見てみようと女中と一緒に雲に乗った。

「ね、下になんで全ての灯りに火をともしているんだ？」

「うふふふふ」

「なに？　なんで笑ってるの？」

「織姫様知らないんですか？」

「知らないよ」

「これ全部織姫様が降りてくるためにやってるんだよ」

「あたしのため？　なんで？」

「はい、深夜の十二時が、織姫様が下界に降りてくる時とされているから全ての灯りに火をともして、針に糸を通している」

下では、織姫様を出迎える歓声があがりはじめた。

織姫は初めて地上から感動を味わった。

女中は地上にある花が好きで、花をつんでこようと思って花の多い森へ向かった。花の森に一人だけと思っていたら、誰かいる気がした。どきどきして周りを確認していくと、一人の女性が同じく花を手に集めていた。

その女性は女中に気づいてにこっとした。見られたと思った女中はびっくりして草の裏に隠れた。

「君、なにしてるの？」ってその女性が声をかけてくれたが女中はどうしたらいいかわからなくて隠れたまま。

「怖がらないで、出ておいで。君も花をつみにきたの？」

女中はゆっくりと立ち上がってその女性の前に出てきた。

「おねえさんも花をつみに来たんですか？」

「そうだ、君も参加する？」

「え？　なにになですか？」

「今夜はね、年に一度織姫を祭る特別の日なの。それで花を集めて、新しい服を着て、花の形をしたお菓子を作って楽しむの。一緒に行く？」

「私、一緒に行っていいのですか？」

「いいよ」

女中は喜んで女性に付いていった。

着いたところは大きな可愛らしい家だった。女性は家に入ってきた。

「ごめんごめん遅くなっちゃった」と女性は家に入ってきた。

「ああ、来た来た」と全員が嬉しそうに迎えた。

女中を見て誰なのって顔した。

「皆、この子も参加するから仲良くしてね」と女性は女中を紹介した。

全員は女中を喜んで仲間に入れた。

「だれか新しい服余ってる？　この子に着せたいの」と女性は言うと新しい服を探して「あったあった！」と新しい服を出して女中に着てみて、と渡した。

女中が新しい服に着替えて出て来ると、可愛いと一斉に声があがった。その中の一人が、女中の髪の毛を可愛くしてあげると鏡の前に座らせて可愛い可愛いと言い、化粧もしてあげた。そこにいる全員が女中を見て「可愛い」が止まらない。

女中は手を洗って花の形のお菓子作りに入った。一人一人が女中に花の形のお菓子のやりかたを教えた。女中が作り終えたら、上手上手とほめて、女中は幸せを感じた。女性たちは牡丹、蓮、蘭、菊の形した小麦粉で作ったお菓子を作り終わって織姫を祭った。その中の一人が「これより、七夕が近づくと、様々な手の込んだ手芸品を作るんだよ」と女中に言った。

女中を帰る時にホウセンカをくれた。女中がホウセンカをながめていると、それで爪を染めててねっと言った。

「悪い悪い、行ってらっしゃい」

「うん」

七夕が終わった後に、また知り合いのお兄さんがやってきた。

「おつかれ彦星」

「おつかれさま」

「これ見て」

「なにこれ？」

知り合いのお兄さんが持ってきたのが梶の葉に書いてある和歌だった。

本当に梶の葉に和歌があったから彦星は驚いた。

「それどうしたの？」

「空に飛んでたからなんだろうと思って拾ってみた」

「なんか墨で書いたみたい」

拾った和歌は十枚以上で、一枚一枚を呼んでいくと、素晴らしい和歌がたくさんあった。

知り合いのお兄さんが地球で歩いていると家の外で人形をぶらさげてた。気になって誰かを探した。ある人を見かけて、外にぶらさがっている人形のことを聞くと、七夕人形の風習と言った。

知り合いのお兄さんはそれを知らないからいろいろ聞くと、織姫と彦星の人形として作って、風通しのいい所に飾り、着物かけ形式、紙びな形式、人がた形式、流しびな形式と四種類になっていると教えてもらった。

そこから移動して別の地域で休憩しようと止まっていたら、提灯をつけた笹竹を持った子供たちが歩いて来る。その中の子供の一人が知り合いのお兄さんに、手に握っていた七夕のお守りの札をくれた。知り合いのお兄さんはものすごく嬉しい気持ちでいっぱいになった。しばらくして帰ろうとしたら空に大音がした。なんだろうと思って空を見上げたら、空に花火が打ち上げられた。

別の年に知り合いのお兄さんが、夜に、雲の上で寛いでいて、下を覗いた。強く光る所が見えて、大きな庭の中で筵を敷きはじめた。なんだろうと思い見ていると、

筵の上に机を四脚を並べて果物や米など供えて、楸の葉一枚に金と銀の針をそれぞれな七本刺して五色の糸をより合わせたもので針の穴を貫いていた。風格のある男性

が前に出て来て天に向かって「彦星と織姫が無事に出会うことを祈る。そして、詩歌、裁縫、染織などの特芸上達になるようにお願いします」と大声で言った。

何時間たったときに「皆様、ごらんなさい大空を。牽牛星と織姫星と天の川の三つが最高にも見頃になる瞬間を」と天に両手を広げて大声で言った。

その光景を見て知り合いのお兄さんは気持ちが高ぶって何年ぶりだろうと思った。

彦星が田んぼの仕事をして休憩時間になって、休んでいた時に知り合いのお兄さんが彦星にごはんを持って来た。

「おなかすいているだろう、これをもってきたから食べな」

「ありがとう」

「最近、地上で興味深いことあったよ」

「どんなこと？」

「ある女性が庭でばたばたしてたから、気になって声をかけたら、ナンパならおことわりだよって」

「お兄さんったら、可愛い子がいたらすぐに声をかけるんだから。俺の織姫にもけっこう声をかけたりしたことあるでしょう」

「ままあそれより、その女性の言ってるのおもろくて。なにしているのって聞いたら『見てわからないの？　小屋を作ってる。今日は女の子の日でもあるから』ってね」

その女性は黄鍋でできた七孔針を準備して、五色の糸で月に対して風を迎え、針を通して願いことをしてた。寝る前に布をひいて酒と干し肉と瓜と果物を並べた。（もし、明日、瓜に蜘蛛が網を張ってるのなら印したはず）と寝た。

知り合いのお兄さんが風の良い夜に地上で散歩しようと思い、地上に降りて歩いていると、一人の女性が手になにか持って前から歩いて来た。知り合いのお兄さんが女性を見て、後を静かに付いて行った。

女性は大きな石の上に座って、月に向かって針に糸を通して箱に入れた。

「そこのお兄さん隠れてないで出てきて」と女性は気づいていた。

知り合いの男性は、ばれたから恥ずかしくて出てきた。

「ごめんなさい隠れてて」

「本当にいたんだ。なんでそこにいたの？」

「とくに理由はなく…でも、君はさっきからなにしてたの？」

「ああ。私のやってたこと？　噂の器用をほしくてね」

「器用になりたいんですね。あれでなれるんだ」

「この箱に小さな蜘蛛が入ってるの。次の日に網が丸く張っていれば器用になるから」

知り合いのお兄さんが思ったのは『女性って男よりいろいろ大変だね』と。ホウセンカを出して「これで爪を染めるんだよ」とホウセンカを出して自分の爪を染めて見せた。

知り合いのお兄さんはわし座に帰ろうと思って歩いていて、近くの庭から悲しそうな声がしたような気がしてその声をする庭を覗いた。

家に出入りしている若い女性がいて、顔を見ると、なんともいえない寂しい顔をしていた。

「すみませーん」と優しく声をかけた。

若い女性は振り向いて知り合いのお兄さんに気づいた。

「こんばんは」

「こんばんは」

「なにしているの？」

「もうすぐ七夕やからこういうのをやっているんですよ」

「なんでそれをやっているの？」

「今日の夜にしかやらないんやけど、この棚の上に果物と花と発芽させた植物の芽や人形や紙細工など女性の私が作った手芸品と、彫刻した果物、化粧品やお菓子などを置くのです」

「これらをやるってけっこう大変だったんじゃない？」

「でも、私一人だけだから、一人でやるしかないです」

「君、恋人はいないのか？」

「はい。恋人っていうか、私を心から愛してくれる人が表れてほしいからこの七夕にお願いしますね」

第七話　涙雨

大雨の日、おかあさんは仕事が休みで、せいしちも休みだった。

お母さんとせいしちは窓を見つめて「雨やまないね」とお母さんが言うと、せいしちは「うん。空が暗い、雨がすごいね」と言う。

「ね、久しぶりにてるてる坊主でも作ろうか?」とお母さんが言ったら「そうだね。俺作りたい」そこに織姫がやってきた。

「二人でなにしているの?」

「そうだ、織姫ちゃんも一緒にやろう?」とお母さんが元気よく誘った。

「なにをやるの?」

「てるてる坊主を」

「てるてる坊主ってなに?」

「知らないんだっけ?」

「知らない」

「てるてる坊主ってね、雨が降って止まないからてるてる坊主ってものを作って、ぶらさげるんだよ」

てるてる坊主の事を聞いた織姫は、てるてる坊主と逆のことを思い出した。

「たなばたさまって歌あるんだよ」

「そうなんだ」

「楽曲にはね五色の短冊がでてくるの」

「五色の短冊？」

「そう。綺麗な五色の短冊。短冊の五色はね、緑、紅、黄、白、黒ってね」

「ああ、なんかその短冊の五色を知っているかも。でも地球のどこでだっけ、五色の短冊じゃなくて五色の糸をつるすらしいよ」

「糸か…短冊よりいいかも」

　夜になった時に、お母さんは空を見上げて、親戚の作る織物がうまくやるようにと織姫星に友達の農業の麦と野菜や種物をよく育つために牽牛星に時々祈っている。

　玄関から音がした、お母さんと織姫は玄関を見つめた。お姉ちゃんが帰ってきてすぐに自分の部屋に入ってしまった。部屋でバタバタとする音がした。出て来たお姉ちゃんは全身が黒ずくめでした。

「どうしたのその格好？」

「今からちょっと出かけてくる」

「どこに?」

「お葬式」

「誰のお葬式だよ?　誰か亡くなったの?」

「学校の子が亡くなった」

「え!　誰?　誰が亡くなったの?」

「とりえず帰ってから話していい?」

「ああ、うん。気を付けて帰ってきてね」

お姉ちゃんからそんなこと聞くなんて思わなかった。

夕方になってお父さんとせいしちが帰ってきた。

お父さんはお姉ちゃんがいないことに気がついた。

「お姉ちゃんは?」とお父さんが聞く。

「お姉ちゃん、遅く帰って来るんじゃない?」

「せいしち、なに言ってるの?」

「だってお姉ちゃんの学校で大騒ぎがあったよ」

「うん?　どういうこと?」

「なんか、お姉ちゃんの学校で生徒の一人が死んだとニュースがあったらしくて、俺の学校でもそのニュースが広がったよ」

「あら、可哀そうに。なんで亡くなっちゃったんだろう」

「なんか、噂に呪術したらしくて、それをやった子が死んだらしいよ」

「呪術？」

「うん。なんか針仕事が上手くするために、その死んだ生徒が試したみたい」

亡くなった彼女は家で一人で亡くなってたという。

ネットサーフィンで見た記事を読んで、試してみた。その記事には、井戸水を供えたあとに灰を平らに盆にのせて、翌日そこに何か通りすぎた跡があれば、霊感があって針仕事が上手くなると書いてあって、コメントでは「この方法めっちゃすごい！」「まじで縫い物にうまくなった！」「ガチですごい！　次の日に手作りにうまくなった」などなど良い方のコメントがあったから彼女はそれに釣られて試してみることにした。それをクラスの何人かに話した。

試した結果、手芸が下手だった彼女は編み物や刺繍に急に上手になっていた。それをクラスで話して盛り上がってた。彼女がテンションが上がったまま学校に行ってたけど、突然来なくなった。先生が心配して家に電話してみると、娘が部屋にこもって出てこないという。

ドアを何回叩いても返事がなく、うぅぅぅ――としか言えないと言う。心配でしかたない母親は先生を来てくださいという。先生は生徒を何人か連れて彼女の家に行った。

あんなに元気でテンション高くてはっちゃめっちゃだった彼女がなんで急にあんなになっちゃたのって皆に不思議だった。彼女の家に着いて母親が出迎えた。先生と生徒たちは早速彼女のドアの前に来た。母親はお願いしますしか言えない。

先生は彼女の名前を呼びドアを何度も叩いた。だけど、返事がなく、母親の言うとおりにうぅぅぅ――と言う声がする。部屋の中からなんか臭い匂いした気がして全員が変に思い、怖さを感じた。一緒に来た生徒の中に男子がいたから、うぉーとドアを蹴った。ドアを強く蹴って開けた。部屋の中は真っ暗でカーテンも閉まっている。さっきの変な匂いがしてそこら辺に広まった。全員が臭いと口元をふさいで、一人が「うぇっ」と顔色が悪くなってそこから離れていった。

彼女の名前を呼んでも返事がない。何度も呼んでもやっぱり返事がない。うぅぅ

――しか聞こえない。部屋の中をよーく見ると、彼女らしき姿が見えた。男子生徒がそれを彼女だと思って、正面に行った。そして男子生徒の表情が一気に変わって目が大きくなってあーと叫んでしりもちをついてしまった。女子生徒が彼女の顔を見に正面に行き、その姿を見た女子生徒の顔色が変わり悲鳴をあげた。先生と他の生徒はあの二人をなんでそんなに叫んでるのかと思い、男子生徒は勇気を振り絞って彼女を先生と生徒とお母さんのほうに向けた。彼女の姿を見た全員が叫んで、手で顔をかくしたり、口をふさいだ。お母さんは娘のそんな姿を見て声も出なくなって、腰を抜かした。涙が勝手に流れた。先生は冷静でいたからすぐに警察に電話して状況をできるだけ説明した。警察はすぐにかけつけてきて、二階のその場を目にしたとたん口をふさいで見たことのない光景を目にした。警察は応援を呼んで、あっという間に彼女の家が救急車と警察に囲まれた。まるで事件現場のように。

　全員が見た彼女の姿は、あまりにもひどかった。後ろからはそんなにひどくはないが、正面全面が糸で縫ってあって、正面すべてに針で刺されてた。手は、指と指の間で赤い糸で縫ってて、口元も上唇と下唇を縫ってて、口が裂けていて、その裂けていた部分も糸で縫ってあって、出血が恐ろしいほど流れているのがはっきりと見えた。

お姉ちゃんが夜遅くにお葬式から帰ってきて玄関のところで頭の上から塩を振ってほしいとお母さんに頼んだ。お母さんが玄関のところで塩を娘の頭の上から振ってあげた。

家にあがったお姉ちゃんは疲れたようすで、椅子に座った。お父さんが水一杯をお姉ちゃんの間に置いてお疲れ様と言って行ってしまった。お母さんはお葬式やせいしちから聞いた学校のことをお姉ちゃんに尋ねるとそうだと答えた。

「ただの一般人が下手にやるとそうなるんだよ」とせいしちはドヤ顔で言った。

「なんだって？　なにいってるのおまえは、人が死んでるんだよ、亡くなってるんだよ」とお姉ちゃんはせいしちをにらんだ。

「だって、ネットにあった外国のものを遊び半分で軽い気持ちで試すとそうなるに決まってるじゃん」

「おまえは黙れ、もうなにも言わないで」

「死んでしまったのが可哀そうだけど、あれを真似をしてしまったのが悪いでしょう？　幽霊に殺されたんだよあの人は」

「もういい、これ以上喋んないで」

「あと、何人もの少年たちが学問に秀でるために夜集まって夜空に星を書いて、テストで高い点数をとるために、頭をもっとよくなりたい、学問でうまくなりたいと祈っているみたいよ。それもそれで大丈夫かよって話。自分たちで勉強すればいいのよ」

と言ったせいしちは自分の部屋へ行った。

お姉ちゃんとせいしちは久々に口喧嘩をした。

翌朝、お姉ちゃんが起きて歯を磨きに洗面所へいった。

織姫は「おはよう」と入ってきた。

お姉ちゃんもおはようと返した。

「おねえさん、髪の毛を綺麗にしてあげる」

「いいよ」

「いえいえ、やらしてよ」

「ああ、うん」

織姫はお姉ちゃんの髪の毛を直しはじめた。

「そうだ！　織姫、織姫は髪の毛をいろんなアレンジできるんだから美容師のコンテストに出ようよ」

お姉ちゃんは、織姫なら美容師のコンテストに出れると、急に思いついた。

「美容師のコンテストってなに？」

「えーっと、美容師のコンテストってこうやって髪の毛をいろんな形に変える祭りっていうか」

「そういうのあるんだ！　出てみようかな？」と織姫は賛成した。

お姉ちゃんは美容師コンテストを探してみつけた。

すぐに応募した。

次の日に郵送で美容師のコンテストの申し込み用紙がきた。

お姉ちゃんは織姫とその用紙を話し合いながら書いていく。

書き終わって郵送しに郵便局へ二人で行った。郵便局から出てお姉ちゃんは喫茶店に寄っていこうと話し合って喫茶店に入った。

お姉ちゃんは織姫に何を飲みたい？　何を食べたいと聞くと、織姫は甘い物を食べたいけど、飲み物はなんでもいいと言ってお姉ちゃんに任せた。

お姉ちゃんが織姫のために注文したのは、バニラクリームソーダとホイップたっぷりのパンケーキ。

お姉ちゃん自分にはカフェオレとバニラホイップワッフル。

何日後に美容師のコンテストの主催者から手紙が来た。

「織姫織姫、来たよ来た」とお姉ちゃんは慌てて言った。

二人はドキドキしながら封筒を開けた。

嬉しいことに美容師のコンテストに参加することになった。

お姉ちゃんは嬉しすぎてお母さんやお父さんやせいしちに話した。全員が驚いておめでとうと言った。

モデルをお姉ちゃんがやることにした。

美容師のコンテストに出る日がやってきた。

美容師のコンテストは日本での最大のコンテストの一つ。

二人は番号をもらって案内された。

舞台の上に立つと、たくさんの観客がいて、緊張が高まる。

「織姫、緊張してるね。ベストを尽くして」

「わかった」

「頑張って」

コンテストが始まり、織姫はお姉さんの髪の毛をアレンジしていく。

時間になり、全員が手を止めた。審査員が髪の毛を見始める。

参加者たちは舞台から降りた。後は結果を待つだけだった。

結果が出た。

なんと織姫は一位になった。大賞を勝ち取った。

そこにいた全員が驚いたのは未経験の人が大賞とって優勝になったことだった。

家に帰ると、全員が心配していてどうだったと聞かれ、「大賞を取った」と言うと、びっくりしていた。

数日後のこと。

「織姫ちゃん、日本でも天の川もあるけど、見に行く?」とお父さんが言った。

「天の川ってあるの?」

「まあ似たものだけどね、天野川って書く」

「天野川を詳しくいうと、古代にそのあたりに甘くて美味しい米が実る肥沃な野という意味で甘野川と呼ばれてたがいつのまにか天野川になったね」

「お父さん、それって平安歌人たちが讃えた白砂の清流じゃない?」とせいしちが言った。

「なんで知ってるの？」とお父さんが驚いた。

「学校で先生が言ってた」

「そうなんだ」

せいしちはノートを探してくると自分の部屋に入った。出てきてノートを見て話した。

「白く輝く川砂と澄んだ流れが空の天の川を思わせることから天野川は多くの古典文学に書かれてるって先生が言ってた。織姫が入った歌もあるみたいで、狩りをして日が暮れてしまったので、今夜は織姫の家に泊りましょう。天の川に来てしまったのだからという歌。また、別に、一年に一度訪れる彦星を待つ身であるから宿は貸してもらえまいという歌があります」

その歌をお父さんの記憶にうっすらとあったが急に織姫にまつる神社をあるのを思い出した。

機物神社(はたものじんじゃ)って言って、天野川を挟んで織姫と彦星が対面するように古人がよく考えた粋な計らい。川に架かる橋の名前も、織姫と彦星が一年に一度の出会いを楽しむと伝えられる橋。その名が逢合橋(あいあいばし)。

それで織姫とせいしちとお父さん三人で天野川を見て機物神社によって逢合橋に行く予定をたてた。

お父さんが休日の前の日にせいしちと織姫に「いよいよ明日だね」と言うと織姫は「うんうん楽しみ」とテンション高く言って、せいしちは「明日だね」と言う。

朝になり、織姫とせいしちとお父さんは駅へ向かった。お父さんが三人分のきっぷを買って二人に渡した。

「ああーこれ好き」と織姫がきっぷを嬉しくもらった。

ホームに入り、電車を待つ間に周りの人々は織姫をじろじろ見る。ガン見する人もいれば、目をそらさずずっと見ている人もいました。その全ての人は織姫をなんて美しいんだろうと見ていた。

それにせいしちとお父さんが気づいていて、お父さんは笑いをこらえて（さすが織姫、織姫がこんなにも美しいから男たちは見ちゃうよね）と、せいしちは（なんだよこの人達は、そんな見ることないだろう）と思って顔がもうムカッとしてて機嫌が悪くなっていた。

目的地の駅に下りて話し合ったとおりに天野川へ向かった。織姫は空気が美味しい、自然が綺麗と目がキラキラとなっていた。

あれが逢合橋だよとお父さんが教えた。そこからに天野川の近くに来て「これが天野川だよ」と教えた。織姫の天野川を見る目が光っていた。少しぼーっとして機物神社へ行った。

機物神社をたっぷりと見てごはんを食べに行くことにした。近くのごはん屋を見つけて入った。

「あたしすごいおなかすいていた」と織姫が席から言う。

織姫から何を食べたいと聞きたいけど、メニューに載っているごはんの名前を見てもわかんないと思ったせいしちは織姫にごはんの名前を全部言い説明した。織姫はメニュー表を見ている間にお父さんはせいしちにグーと親指を見せた。織姫は迷って迷って栗ごはんとトマト煮込みを選んだ。お父さんはふっくら和風ハンバーグ定食を、せいしちは冷ナスのあんかけとコーンごはんを注文した。

織姫のトマト煮込みがふたのついたままに来た。織姫はふたを開けたら熱い良い匂いの湯気がふわぁ〜っと天井に消えた。織姫がごはんを食べている時に周りに座ってた男たちが織姫をキョロキョロと見ていた。せいしちは気づいたから「織姫、早く食べ終わって」とむすっとした顔で下を向いて言った。

「え？　なに言ってるの、こんな熱いのにふーふーしながら食べないとだめだよ。焼けどしちゃうじゃん」と織姫が言った。これが周りにいる男たちにたまらなく可愛かった。

「いいから早く食べて」とせいしちが言った。

「まあまあ、せいしち、そんな顔すんなよ。ゆっくり食べようよ」とお父さんが笑顔で言った。

時間も時間だから三人で帰ろうと話をして、駅へ向かった。

織姫は帰りに「今日は楽しかった。美味しいものもたくさん食べた。すごく幸せだった。ありがとうおとうさん」と笑顔でお父さんに話す。

家に夜七時に着いた。家が暗くてお母さんとお姉ちゃんが帰って来てないのをわかる。

三人で家に入った。せいしちは織姫に「これあげる」と雫の綺麗な髪飾りをあげた。

「なにこれ？」と織姫は不思議に思った。

「さっき買ったんだから」

「あたしに？」

「そう」

「ありがとう。すごく嬉しい。すごい綺麗」と織姫は嬉しそうにもらった。

「やるじゃんせいしち」とお父さんがいた。

「なんだ、お父さんいたの？」

「うん」

「なんでだよ」

それから何日もたち、織姫はいよいよ星に帰る時がきた。

周りは月の明りで照らされた静かな夜。

織姫は月に昇る前に全員を集まってほしいとお願いした。全員はなんのことだろうと思い、集まって食卓に座った。

「皆様、今までお世話になりました。ありがとうございました。ここで過ごした日々を一生忘れません。すごく幸せだった。そしてあたしのこともわすれないでね。せいしち、お母さんとお父さんにもうちょっと優しくしてあげて。お姉さんは、遠距離恋愛は難しいが、心が冷めてなければなんとかなるよ」

「なになに怖い」とお母さんがびっくりした。

「なに言ってるの織姫」とお姉ちゃんが言った。

「どういうこと?」とせいしちも目を大きくした。

「ああ、もう帰るんだ」とお父さんが言った。

「そうです。あたし、もう帰ります。天での父親と母親と姉妹などあたしのこと心配していると思います。昨晩に夢に出て来たから。いいかげん帰らないといけないかなあと思って。父親に怒られちゃう」

「いいじゃんここに残ったら?」とせいしちは言う。

「いえいえここにこのままいてはなりません。仕事もあるし、そろそろ仕事にも戻らないと父親にまた怒られちゃう、仕事をしないでさぼっているってね。だから早く帰らないと」

　全員は寂しい顔してた。

　織姫はお母さんの手を握って「お母さん、お母さんにこれをあげます」

「なにこれ?」